D1221201

EN ESTE

CUENTO

NO HAY

NINGÚN

DRAGÓN

LOU CARTER

DEBORAH ALLWRIGHT

Para Pete, Josh y Fee.
De L. C., por supuesto.

Para Lola Carlotta
D. A.

En este cuento no hay ningún dragón

Título original: *There is no dragon in this story*
Texto: *Lou Carter*
Ilustraciones: *Deborah Allwright*

1.ª edición: octubre de 2017

Traducción: *Joana Delgado*

© 2017, Lou Carter & Deborah Allwright
Primera edición en inglés publicada por Bloomsbury Publishing Plc.
(Reservados todos los derechos)

© 2017, Ediciones Obelisco, S. L.
www.picarona.net
www.edicionesobelisco.com
(Reservados los derechos para la lengua española)

ISBN: 978-84-9145-072-6
Depósito Legal: B-9.412-2017

Printed in China

EN ESTE
CUENTO
NO HAY
NINGÚN
DRAGÓN

Lou Carter   Deborah Allwright

Picarona

Éste iba a ser un cuento sobre un dragón

¡Uhhh-Schsssss!

que capturó a una princesa

¡OH, NO!

y cuando...

¡GRITÓ!

. . . llegó un caballero,

luchó con el dragón

y rescató a la princesa.

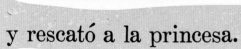

Fin.

Pero no puedo contarte ese cuento,
porque el dragón se marchó muy enfadado.

INICIO

Hoy no pienso capturar a ninguna
princesa cursi y remilgada.
Y no voy a luchar más
con relucientes caballeros valientes.
Para variar, yo seré el HÉROE.

En primer lugar, Dragón se encuentra
con un hombrecillo galleta.

¡Hola! ¿Puedo
salir en tu cuento?
¡Podría salvarte
de ese zorro!

—¡No, no, no, que eso no toca! -dice el hombrecito
de jengibre.
—En este cuento NO HAY NINGÚN DRAGÓN.

Dragón asciende a una colina y allí
se encuentra con un cerdito que está
construyendo una casa de madera.

¡Hola! ¿Puedo salir
en tu cuento?
¡Podría salvarte
del lobo!

—¡No, no, no, que eso no toca!
-afirma el cerdito mediano.
—En este cuento
NO HAY NINGÚN DRAGÓN.

Así que Dragón se encamina hacia la ciudad.

Por el camino, intenta ayudar a Ricitos de Oro . . .

¡NO!

POR AQUÍ

¡NO!
¡NO!

a Hansel y Gretel . . .

¡NO!

y a Caperucita Roja.

POR ALLÁ

Pero nadie quiere que Dragón salga
en su cuento.

Aunque, más adelante,
Dragón ve a un muchacho
trepando por un tallo
de habichuelas gigante.

¡Hola! Puedo salvarte
del gigante.

—¡No, no, no, que eso no toca!
-dice Jack.
—En este cuento
NO HAY NINGÚN DRAGÓN.

PROHIBIDO SUBIR

Muchachito, eh, chico,
¿qué está pasando aquí?

No puedo, no soy bueno haciendo de héroe.

—¡Pero es que en este cuento
necesitamos realmente un héroe!
—afirma el hombrecillo de jengibre.

No puedo . . .

¿O sí puedo?

¿Puedo?

¡PUEDO!

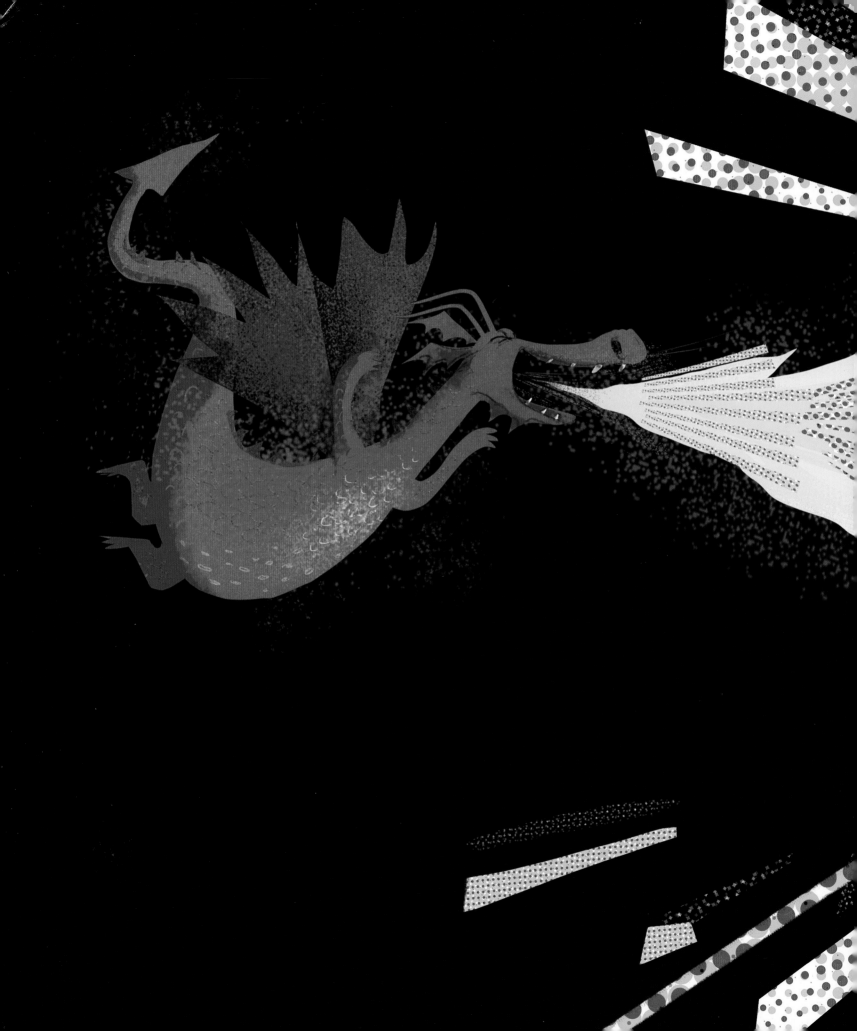

¡BRAVOOOO!

¡Al fin un héroe!

¡BRAVOOOO!

Así que aquí tenéis: el cuento de un dragón valiente

¡Uhhh-Schsssss!

que hace estornudar a un gigante.

¡OH NO!

Y entonces se apaga el sol . . .

¡GRITOS!

... Pero Dragón hace que el sol brille de nuevo

¡AJAJÁ!

y se convierte en ¡un HÉROE!

¡BRAVO!

Fin.

¡Espera! ¿Adónde va Dragón ahora?

Harris County Public Library
Houston, Texas